MENSCHEN IM ALLTAG

GÜNTHER HAUBOLD

MENSCHEN IM ALLTAG

BEOBACHTUNGEN

Bibliografische Information der Deutschen Nationalbibliothek
Die Deutsche Nationalbibliothek verzeichnet diese Publikation in der
Deutschen Nationalbibliografie; detaillierte bibliografische Daten
sind im Internet über http://dnb.dnb.de abrufbar.

© 2015 Günther Haubold
Satz, Umschlaggestaltung, Herstellung und Verlag:
BoD – Books on Demand
ISBN 978-3-7386-6101-9

Inhalt

Geschichte 1

Ein ganz normaler Tag in einer Apotheke

Es ist ein wunderschöner Morgen mit viel Sonne und einem blauen Himmel als Dr. Braun, pünktlich um 8.00 Uhr wie jeden Tag, seine Alster- Apotheke für die Kunden öffnet und sich dabei überlegt, wie der heutige Tag wohl laufen wird.

Zu den ersten Kunden gehört eine junge Mutter mit einem etwa 5 Jahre alten Sohn. Während die Mutter von einer Mitarbeiterin des Apothekers die gewünschten Medikamente ausgehändigt bekommt, hat der kleine Knirps schon mehrere Tüten Bonbons von den Haken des Ständers geholt, ausliegende Prospekte durcheinander gebracht und seine Mutter mehrfach gemahnt, sie soll endlich kommen. Frau Engel, die der Mutter das Gewünschte ausgehändigt hatte, wartete nun darauf, dass diese ihren Sohn in geeigneter Form ermahnen würde. Doch zu ihrer Überraschung geschah nichts dergleichen und die Mutter erbat sogar noch Traubenzuckerbonbons für den lieben Kleinen. Natürlich erhielt die Kundin für ihren Sohn das Erbetene, nur Frau Engel fragte sich, wofür wurde der Kleine eigentlich belohnt?

Nach einigen weiteren Kunden, die mit Rezepten kamen und sich nur kurz beraten lassen wollten, erschien an diesem Morgen mal wieder Frau Gerhardt, eine regelmäßig erscheinende Stammkundin. Frau Gerhardt ist vor gut einem Jahr aus ihrer Wohnung in ein Seniorenheim umgezogen. Zu ihren Kindern, die beide in einer anderen Stadt leben, hat sie wenig Kontakt und deshalb sucht sie immer wieder Gesprächspartner in der Apotheke. Die Mitarbeiter dort versuchen auch, ihr verständnisvolle Gesprächspartner zu sein, sofern der Arbeitsanfall es zulässt. Das Gespräch beginnt immer damit, dass Frau Gerhardt sich erneut erklären lässt, wie sie die Tropfen, die sie seit einem halben Jahr verschrieben bekommt, einnehmen soll. Danach leitet sie das Gespräch ganz schnell auf das Seniorenheim und ist gar nicht mehr zu bremsen. Die Mitarbeiter der Alster- Apotheke kennen mittlerweile schon eine Reihe von anderen Bewohnern des Seniorenheimes, mit deren Verhalten Frau Gerhardt überhaupt nicht einverstanden ist. Da ist zum Beispiel Frau Lorenz, die immer so früh aufsteht und sich einfach die Zeitung von Frau Gerhardt vom Post-Tisch holt, sich damit einschließt bis sie genug gelesen hat und erst danach die Zeitung an Frau Gerhardt gibt. Da müsste mal die Heimleitung eingreifen, meinen auch die Mitarbeiter der Alster-Apotheke. Oder dann gibt es da noch den Herrn Hensel, der immer seinen Fernseher so laut einstellt und die Frau Wernicke, die beim Essen immer so viel erzählen muß und noch eine Reihe weiterer Kandidaten, die Frau Gerhardt nicht leiden kann. Nachdem Frau Gerhardt alle ihre Sorgen abgeladen hat, verlässt sie zufrieden die Apotheke und die Mitarbeiter können aufatmen.

Ein Kunde fordert an diesem Tag aber doch noch einer Mitarbeiterin ihr gesamtes „Gelassenheitspotenzial" ab, was sie sich im Laufe der Jahre erarbeitet hat.

Es handelt sich eigentlich um einen ganz normalen Kauf eines frei verkäuflichen Medikaments. Aber dann wird es doch noch spannend. Nachdem der Kunde, der in der Apotheke bekannt ist, bezahlt hat, bittet er um einen Traubenzuckerbonbon für seine im Haus gebliebene sechsjährige Tochter. Das Problem ist nur, dass es mehrere Geschmacksrichtungen gibt und der junge Vater sich nicht entscheiden kann. Inzwischen warten mehrere Kunden in der Apotheke darauf, bedient zu werden. Der junge Vater, der den Betrieb aufhält, muss nun sein schweres Problem lösen. Er greift zum Handy und ruft in dieser wichtigen Angelegenheit seine sechsjährige Tochter an, um zu klären welche Geschmacksrichtung der Traubenzuckerbonbons ihr genehm ist. Nachdem diese weltbewegende Angelegenheit geklärt werden konnte, gibt es ein entspanntes Aufatmen bei den wartenden Kunden und Mitarbeitern in der Apotheke.

Der Rest des Tages verläuft weitgehend normal und so ist doch noch ein entspannter Feierabend gesichert.

Geschichte 2

Das Kreuz mit dem Verkehr und den lieben Verkehrsteilnehmern

Herr Ernst, ein alleinerziehender Vater, bringt seinen achtjährigen Sohn Max jeden Morgen mit dem Auto zur Schule. Beide sind damit nicht so recht zufrieden, denn Max würde lieber mit dem Fahrrad zur Schule fahren. Er kennt den nicht sehr weiten Weg recht gut und ist ihn schon oft gefahren. Zur Schule darf er aber erst fahren, wenn er die sogenannte Fahrradprüfung bestanden hat, zu der er sich aber erst mit 12 Jahren anmelden darf. Herr Ernst hingegen würde sich gerne dem unvorstellbaren morgendlichen Verkehrschaos rund um die Straßen an der Schule entziehen.

Es wird abenteuerlich rangiert und geparkt. Zum Glück passieren nur wenige Karambolagen. Wenn das Geländefahrzeug - wegen der vielen Berge in der Stadt – dann endlich abgestellt ist wird den Kleinen der Schulränzel bis in die Klasse an den Platz getragen. Entweder sind die Ränzel heute zu schwer oder die Kinder zu schwach, denn Herr Ernst kann sich nicht daran erinnern, dass seine Eltern während seiner Schulzeit jemals das Klassenzimmer betreten oder gar den Ränzel, den er immer stolz auf dem Rücken getragen hat, hineingetragen haben.

Auch Max darf seinen Ränzel selber tragen und Herr Ernst begibt sich, nachdem er der Schulumgebung heil entkommen ist, in den allmorgendlichen normalen Wahnsinn auf den Straßen, um zu seinem Arbeitsplatz zu gelangen.

Als Herr Ernst seinem Kollegen Martens in der Firma von dem Chaos vor der Schule erzählt hatte, erfuhr er von Herrn Martens, dass es sich hierbei um die sogenannten „Helikoptereltern" handelt, die jegliche Belastung, wie sinnvoll sie auch sein mag, von ihren Kindern fernhalten wollen. Ferner erfuhr er noch von seinem Kollegen, dass dieser gerade seinem Sohn klar gemacht hatte, dass er seinen Ranzen sehr wohl alleine tragen kann, auch wenn die Mama, mit der Herr Martens nach ihrer Rückkehr von einer Reise noch sprechen wollte, das immer für den „armen Kleinen" getan hatte.

In diesem Zusammenhang verwundert es nicht, dass laut einer Umfrage des Emnid-Instituts 49% aller vier- bis zwölfjährigen noch nie allein auf einen Baum geklettert sind und 25% noch nie ein freilebendes Tier gesehen haben. Je jünger die Eltern sind, desto ängstlicher sind sie.

Geschichte 3

Wenn ich mein Sandeisen genommen hätte …

An einem wunderschönen Sommermorgen machten sich vier rüstige ältere Herren auf, eine 18 – Loch Golfrunde zu spielen, auf der herrlichen Anlage des Golfclubs am Walde.

Für Rainer, Kurt, Hans und Siegfried war es seit Jahren Tradition, dass sie, wenn das Wetter es zuließ, am Montag früh 7.30 auf die Runde gingen bevor die Horde der „Langweiler und Umstandskrämer" , wie sie die anderen Spieler gern nannten, am Abschlag Loch „1" aufkreuzten.

So ging es dann auch sehr zügig los, denn sie wollten ihr gewohntes Spiel wie jeden Montag spielen. Alle waren routinierte Golfer und schlugen ihre Bälle vom ersten Abschlag recht weit. Leider nutzten sie die Breite des Fairways voll aus, denn wie jeden Montag am ersten Abschlag flogen die Bälle in das Rough, an die Kante der Hecke und einer sogar in den ersten Bunker. Trotzdem war die Stimmung gut. Man frotzelte sich, half gegenseitig beim Suchen der Bälle und schließlich ging es munter weiter in Richtung Grün und Fahne „1". So ähnlich verliefen auch die Bahnen „2" und „3".

An der Bahn „4" gab es dann doch etwas Aufregung unter den Herren, denn der Ball von Siegfried lag im Bunker unweit vom Grün . Nun ist ein Bunkerschlag für routinierte Spieler kein Problem. Das Besondere an der Bahn „4" ist der kleine Bach, der sich zwischen Bunker und Grün entlang schlängelt. Es begann sofort eine Debatte darüber welcher Schläger in diesem Fall sinnvoll wäre. Siegfried hatte schon sein „Sandeisen" in der Hand, denn er hielt es für die beste Lösung. Kurt und Rainer versuchten ihn davon abzubringen mit dem Hinweis darauf, dass sie die besten Ergebnisse bei einer solchen Lage mit dem „Pitching Wedge" erzielt hätten. Es wurde noch einige Zeit hin und her diskutiert und schließlich ließ Siegfried sich umstimmen und tauschte sein „Sandeisen" gegen sein „Pitching Wedge".

Doch mit welchem Resultat. Der Ball landete nicht wie gewünscht auf dem Grün, sondern rutschte vom Schläger ab und landete tatsächlich in dem kleinen Bach!

Einen Moment lang war es ganz ruhig. Dann fing Siegfried fürchterlich an, zu schimpfen und wiederholte immer wieder : „Hätte ich doch nur mein „Sandeisen" genommen!"

Seine lieben Freunde Kurt und Rainer sparten nicht mit Erklärungen darüber was Siegfried falsch gemacht hatte und boten ihm an, den richtigen Schlag mit dem Pitching Wedge mit ihm zu üben. Sie waren eben wirklich" gute Freunde".

Nach weiteren gut verlaufenen Bahnen beruhigte sich die Stimmung im Flight und die Runde konnte in Harmonie fortgesetzt werden.

Nun war es unter den vier Freunden üblich, dass nicht nur die Score-Karten sorgfältig und genau ausgefüllt wurden, sondern auch der jeweilige Sieger des Tages und die weitere Rangfolge nach Abschluß der Runde ermittelt wurden. Wie der Zufall so spielt lag Hans mit seinem Ergebnis auf dem vorletzten Platz und Siegfried mit einem Punkt schlechter auf dem letzten Platz. Wenn es nun nur um die Ehre ginge, hätte Siegfried den letzten Platz sicher verschmerzen können. Da aber unter den Freunden die Regelung so war, dass der Letzte des jeweiligen Tages die Gesamtrechnung für die Getränke im Clubhaus zu bezahlen hatte, fing Siegfried sofort wieder damit an, dass die Schuld für seinen letzten Platz bei Kurt und Rainer läge, die ihn an der Bahn „ 4 „ sozusagen gezwungen hätten sein „Pitching Wedge" zu nehmen. Den Beiden wird das erneute Gejammer von Siegfried : „Hätte ich doch nur mein Sandeisen genommen!" noch lange in den Ohren geklungen haben.

An diesem außergewöhnlichen Tag einigten sich die Freunde darauf, dass die Rechnung von den beiden Letzten gemeinsam übernommen wurde, denn dieser Lösung konnte zähneknirschend auch Siegfried zustimmen.

Geschichte 4

Die lieben Kleinen und ihre trefflichen Eltern. (Wer erzieht eigentlich wen ?)

In unserer aufgeklärten Gesellschaft erlebt man immer wieder Überraschungen wenn man einen Einblick bekommt in die wundersame Erziehung unserer Kleinen.

Häufig werden sie nicht wie Kleinkinder behandelt sondern wie Erwachsene. Wenn ein knapp zweijähriges Mädchen im Winter vor dem gut gefüllten Kleiderschrank gefragt wird, was es anziehen möchte und sich dann für ein Sommerkleidchen entscheidet, hat die Mutter ein Problem. Man hätte natürlich auch zwei wintertaugliche Outfits zur Wahl stellen können. Auch dann hätte das Mädchen eine Wahl gehabt und die Mutter kein Problem. Es ist sicher gut, wenn die Entscheidungsfreudigkeit schon im Kindesalter geübt wird. Nur eine Steuerung in die richtigen Bahnen ist für das spätere Leben in freier Wildbahn eine gute Hilfe.

Kleinkinder haben kaum etwas davon, wenn sie in ein Restaurant mitgenommen werden. Doch darauf wird von den Eltern selten Rücksicht genommen. Sie ziehen das Treffen mit den Freunden durch und nehmen die Unwägbarkeiten sowie die Belästigungen anderer Gäste ungerührt hin.

In einem angesehenen Restaurant ergab sich zum Beispiel eine Situation, dass drei 4 – 5 jährige um den Tisch anderer Gäste herum Haschen spielten. Sie waren laut, sie hielten sich immer mal wieder an den Stühlen fest und griffen nach der Tischdecke. Die Gäste ließen das störende Getobe einige Zeit über sich ergehen und warteten auf eine entsprechende Ermahnung der Eltern. Als dies nicht passierte, wagten sie, die Kinder zu bitten, zu ihren Eltern zurückzugehen. Daraufhin holten die Eltern die Kinder tatsächlich sichtlich beleidigt zurück mit dem Hinweis, dass sie dort nicht spielen sollten, weil das Menschen seien, die keine Kinder mögen!

Geschichte 5

Gute und andere Nachbarn

Draußen im Grünen in einem idyllischen Vorort von Hamburg gibt es tatsächlich diese guten und auch andere Nachbarn.

Ehepaar Möller wohnt allein in seiner schönen Backsteinvilla. Beide Kinder sind erwachsen und haben schon eine eigene Familie. Besuche bei den Eltern finden meist nur an größeren Feiertagen statt.

Die Möller`s sind sehr eigen mit ihrem Garten und ärgern sich schon, wenn Blätter von den Bäumen des Nachbargrundstückes auf ihr Grundstück wehen. Andererseits haben sie keine Hemmungen, ihren lautstarken Schredder oder Rasenmäher in Betrieb zu nehmen, wenn Ihre Nachbarn, Familie Werner, alleine oder mit Gästen bei schönem Wetter auf der Terrasse sitzen und Kaffee trinken. Der von Herrn Werner in solchen Fällen vorgetragene Wunsch, das lärmende Inferno auf später zu verschieben, wird abgelehnt mit dem Hinweis, dass später noch wichtigere Aufgaben erledigt werden müssen.

Aufgrund dieser und ähnlicher Vorkommnisse ist es natürlich klar, dass die Ehepaare im Laufe der Jahre keine guten Freunde geworden sind.

Als die Nachbarn sich fast zur gleichen Zeit einen Hund anschafften, waren neue Unstimmigkeiten natürlich schon vorprogrammiert.

Familie Möller erwarb vom Tierschutzverein einen aus Griechenland eingeführten Hyänenhund(ausgewachsen und aggressiv). Grundsätzlich ist es schon etwas seltsam, dass herrenlose Hunde aus anderen Ländern eingeführt werden obwohl unsere Tierheime gut gefüllt sind. Formell musste der Sohn von Familie Möller als Erwerber und zukünftiger Halter des Hundes auftreten, da Herr Möller in seinem Alter keinen Hund mehr vom Tierschutzverein erwerben durfte.

Die schon angedachten Probleme ließen nicht lange auf sich warten.

Immer wenn Herr Möller mit dem Hyänenhund zu einem Spaziergang aufbrach, was drei- bis viermal am Tag geschah, raste der Hund laut bellend auf den Zaun der Familie Werner zu, mit dem erkennbaren Wunsch den Nachbarhund anzugreifen.

Auf die von Herrn Werner formulierte Bitte, den Hyänenhund zu Beginn des Spazierganges anzuleinen, erhielt er von Herrn Möller die überraschende Antwort, dass dieser den Hund überhaupt nicht anleinen könne, da er den Hund kräftemäßig nicht halten könne und dieser ihn umreißen würde. Genau aus diesem Grund hatte der Tierschutzverein den Hund nur an einen jüngeren Mann abgegeben ohne zu ahnen (?), dass dieser nur ein „Strohmann" war.

Leider war der Beginn dieses täglichen „Ausgeh-theaters" nicht der einzige Ärger mit dem Hyänenhund, denn die Familie Möller pflegte auch Kontakte zu einem anderen Nachbarn mit direkter Zaungrenze zu Familie Werner. Bei jedem Besuch musste der Hyänenhund natürlich mitkommen, der solange, bis er im Haus verschwand, laut bellend und angriffslustig am Zaun der Familie Werner auf und ab rannte.

Der Tibetterrier der Familie Werner hielt das Ganze wahrscheinlich sogar für ein Spiel. Aber wegen des unangenehmen Lärms für die anderen Nachbarn war es Herrn Werner sehr lästig. Außerdem fürchtete er um den Bestand seines Zaunes.

Aber wie heißt es so schön „ Ist das Leben einmal schwer, kommt irgendwo ein Lichtlein her". Die Haltung des ausgewachsenen, schweren und wilden Hundes wurde Herrn Möller mit der Zeit zu anstrengend und er entschloss sich, den Hund wieder abzugeben.

Außerdem wurde ihm die Gartenarbeit zu schwer und er tauschte mit jüngeren Leuten aus der entfernten Verwandtschaft Haus und Garten gegen deren Wohnung.

Mit den neuen Nachbarn, eine Familie mit zwei Kindern, entwickelte sich ein fröhliches und gutes Verhältnis bis hin zu gemeinsamen Grillabenden. So war die nachbarschaftliche Welt der Familie Werner wieder total in Ordnung.

Geschichte 6

Kollegen sind auch nur Menschen

Die Stimmung ist gut in dem Großraumbüro der Veritas-Versicherung an diesem Morgen. Obwohl das Wochenende noch nicht in Sicht ist werden die Vorgänge mit zufriedenen Gesichtern abgearbeitet. Auch an „Burn out" scheint keiner der Mitarbeiter zu leiden. Nur der Kollege Jäger, der erst vor zwei Monaten bei der Firma angefangen hat, wirkt bei der Arbeit sehr ernst und nachdenklich, obgleich er im privaten Gespräch beim Essen oder in der Pause durchaus locker und aufgeschlossen ist.

Sein Gegenüber, Kollege Rüter (der als Kasper des Großraumbüros gilt) versucht immer einmal, ihn aus der Reserve zu locken. Die Beiden haben einen gemeinsamen Arbeitsbereich und so ergeben sich für den Kollegen Rüter immer wieder Möglichkeiten, ein Gespräch zu beginnen.

Herr Jäger bleibt aber seiner Linie treu und so bleibt dem neugierigen Herrn Rüter nur die Hoffnung, auf dem im nächsten Monat stattfindenden Betriebsfest etwas über die Lebensumstände seines zurückhaltenden Gegenüber's zu erfahren.

Endlich ist es soweit und der Tag des Betriebsfestes ist

gekommen. Die Organisatoren haben ein wunderschönes Hotel in der Lüneburger Heide ausgesucht.

Das Fest beginnt mit einer Kaffeetafel und anschließendem Spaziergang in der Umgebung des Hotels. Die Wege führen durch die schöne Heidelandschaft. Es bilden sich kleine Grüppchen die gemeinsam losmarschieren und sich munter unterhalten.

Herr Jäger bleibt etwas zurück und Herr Rüter nutzt die Gelegenheit - rein zufällig - zu ihm aufzuschließen. An diesem Tag in der freien Natur passiert etwas ungewöhnliches. Ohne das Herr Rüter etwas fragt, beginnt Herr Jäger von sich, seiner Familie und seiner Lebenssituation ausführlich zu berichten.

Es ist eine tragische Geschichte die Herr Rüter hört und es wird ihm immer peinlicher, dass er so sehr gedrängelt hat.

Herr Jäger hat innerhalb von nur vier Jahren sowohl seine Frau als auch seine einzige Tochter durch eine Krebskrankheit verloren. Er war lange nicht in der Lage, das Erlebte zu verarbeiten und hat jetzt erst den Mut gehabt, sich um eine Anstellung zu bemühen.

Die Beiden haben sich an diesem Tag noch sehr lange und ausführlich unterhalten. Herr Jäger war offensichtlich froh, dass er sich Herrn Rüter anvertraut hatte und dieser spürte plötzlich den Wunsch, in Zukunft mit Herrn Jäger engen Kontakt zu halten.

Es entwickelte sich zwischen den Beiden eine enge Freundschaft mit Familienanschluß für Herrn Jäger bei der Familie Rüter.

So wurden aus zwei Kollegen ganz enge Freunde.

Geschichte 7

Behörden haben es schwer

Zwischen Hamburg und Schleswig Holstein gibt es ein landschaftlich sehr schönes Gebiet – ein ehemaliges Moorgelände – in dem ausgebombte Hamburger Familien Grundstücke erworben haben zu einem aktuellen Preis um sich dort kleine Paradiese mit Holzhütten, Naturgärten oder Pferdekoppeln anzulegen.

Dieses friedliche miteinander existierte viele Jahrzehnte bis eines Tages, angetrieben durch eine verbohrte gründominierte Behörde, das ganze Gelände in ein Naturschutzgebiet umgewidmet wurde. Die Begründung war, dass man den dort lebenden Tieren Gelegenheit geben wollte, ungestört zu sein. Wenn diese Idee weiterhin Schule macht, dann kommen wir eines Tages wohl dahin, dass die Menschen hinter einem Zaun leben und von den freilaufenden Tieren bestaunt werden.

Nun waren die Betroffenen mit dieser willkürlichen Entscheidung natürlich nicht einverstanden. Es gab Klagen, Gerichtsverhandlungen und Informationsabende seitens der Behörde.

Leider muss man sagen, dass die ganze Angelegenheit ausging wie das berühmte „Horneburger Schießen"

Selbstverständlich setzte sich die Behörde mit Ihrer Entscheidung durch und verlangte von den quasi enteigneten Grundstücksbesitzern eine totale Räumung ihrer Grundstücke bis auf den letzten Stein aus dem einmal zur Hütte führenden Weg.

Eine Abordnung der Behörde überwachte peinlich genau den Abtransport der sogenannten störenden Gegenstände. Drei Personen standen für diese wichtige Aufgabe bereit. Der Empfang dieser Delegation durch die enteigneten Grundstücksbesitzer verlief nicht immer in ausgesprochener Harmonie.

Es gab noch zwei absolute Höhepunkte in dieser Angelegenheit, die unbedingt erwähnt werden müssen :

Es wurden nicht nur die Menschen aus ihrem Paradies verjagt die ein Wochenendhüttchen dort hatten, sondern auch die dort ansässigen Familien – teilweise mit einem Betrieb – gezwungen, kostspielige Änderungen an Ihren Häusern, Garagen, Lagerschuppen etc, vorzunehmen. Der zweite Höhepunkt ist die Tatsache, dass die von Ihren Grundstücken vertriebenen Menschen von der Behörde ein Angebot bekommen haben, aus dem hervorging, dass die Behörde bereit ist, die zwangsgeräumten Grundstücke zu erwerben zu dem sagenhaften Preis .von Euro 1,00 pro qm!!

Geschichte 8

Im Garten werden nur Kännchen serviert. (Besonderheiten in der Gastronomie)

Es war ein wunderschöner Spätsommertag an dem die Familie Seiler beschloss, einen Ausflug an die Ostsee zu unternehmen.

Es sollte von Anfang an ein richtig entspannter Tag werden. Deshalb entschloss sich Familie Seiler, die Autobahn zu meiden und lieber Landstraßen zu benutzen. Diese Entscheidung schien zunächst auch die richtige zu sein. Die Sonne lachte und die Landschaften rechts und links der Straße waren immer noch sehr schön grün.

Nach einer ganzen Zeit kamen der Familie aber dann doch Zweifel ob Ihre Entscheidung richtig war oder man lieber die Autobahn hätte nehmen sollen. Die Landstraße führte ja nicht nur durch schöne Landschaften sondern auch durch verschiedene Ortschaften bei denen nach und nach der Verdacht aufkam, es handele sich um einen Wettbewerb nach dem Motto „ welche Ortschaft hat die meisten Baustellen".

Wo das Umfahren der Baustelle durch eine Lichtzeichenanlage geregelt war, lief der Verkehr noch verhältnismäßig gesittet. Doch dort wo dies nicht der Fall, war kam die seit einiger Zeit überall grassierende Unsitte zum tragen: „ ich habe ein Hindernis, also muss der Andere warten". Da Familie Seiler beschlossen hatte, einen schönen Tag zu verbringen ließ sie sich nicht entmutigen und war zufrieden als am Horizont endlich die Ostsee auftauchte.

Nun mußte nur noch ein Parkplatz gefunden und die Frage geklärt werden, wie und wo kommt man an den Strand und an das Wasser.

Der Parkplatz war schnell gefunden, weil ein anderes Auto gerade wegfuhr und der Weg zum Strand führte durch einen Zugang in dem Begrenzungswall, an einem Schilderhäuschen vorbei, wo die Kurtaxe zu bezahlen war.

Nun hieß es endlich Schuhe ausziehen und im Sand am Wasser entlang spazieren. Das war Erholung pur nach der teilweise doch etwas anstrengenden Autofahrt.

Nachdem die Familie weit genug gewandert war und sich langsam Hunger einstellte, erinnerte man sich an die im Rucksack mitgebrachte Verpflegung und suchte sich ein gemütliches Plätzchen, um eine Rast abzuhalten. Denn das hatte man sich schon im Hause vorgenommen. Picknick machen wir am Strand und am Nachmittag wird in einem schicken Kaffee leckerer Kuchen gegessen.

Nach dem Picknick machte sich Familie Seiler an den Rückweg in Richtung Parkplatz, denn dort sollte sich auch das hochgelobte Kaffee „Sonnensegel"befinden.

Das Wetter war schön geblieben, und so machte der Rückweg mit Aussicht auf ein großes Stück Torte allen Familienmitgliedern sichtlich Spaß.

Sie mussten nicht einmal suchen, denn am Ende Ihres Weges liefen sie direkt auf das Kaffee zu. Es war ein beeindruckender Bau mit einem gemütlichen großen Kaffeegarten. Familie Seiler war sich schnell einig. Es sollte ein schöner Tisch im Kaffeegarten sein, der auch schnell gefunden war.

Aber nun kam das dicke Ende, welches dem schönen Ausflugstag dann doch noch einen nicht so glücklichen Abschluss bescherte.

Die Gäste wurden von dem wichtigen Herrn Ober darüber informiert, dass der ausgesuchte Tisch schon für das Abendessen reserviert war. Also musste ein neuer Tisch gesucht werden obwohl es erst 17:05 war. Die nächste Enttäuschung war die Kuchenbestellung, denn auch da war Aufklärung von Nöten. Herr Ober klärte unsere Familie darüber auf, dass im Garten nur Plattenkuchen serviert wird. Mittlerweile war der Familie die Lust auf ein gemütliches Kaffeetrinken schon fast vergangen. Aber sie rang sich durch, zu dem wahrscheinlich trockenen Plattenkuchen doch noch eine Tasse Kaffee zu bestellen.

Nun zog aber der Herr Ober sein letztes Ass aus dem Ärmel und erklärte der gar nicht mehr verblüfften Familie Seiler, dass im Garten Kaffee nur in Kännchen und nicht in Tassen serviert wird!

In diesem Moment war sich Familie Seiler sehr schnell einig. Sie empfahl dem Herrn Ober, seinen Plattenkuchen selber zu essen und verließ das ungastliche Haus in Richtung Parkplatz. Sie wollten sich den schönen Tag zum Schluss nicht verderben lassen und waren sicher, ein freundlicheres Kaffee finden zu können.

Geschichte 9

Nehmen fällt vielen leichter als Geben

Der Sportverein „Immer fit" war auf einer seiner beliebten Auslandsreisen, die auch diesmal wieder von Kurt, dem Chef-Trainer abwechslungsreich organisiert worden war. Kurt gelingt es fast immer, neben den vereinbarten Sportwettkämpfen einige Firmenbesichtigungen oder auch kulturelle Veranstaltungen einzuplanen.

Bei der Planung dieser Reise war Kurt besonders erfolgreich gewesen, denn es war ihm gelungen, neben der Besichtigung einer sehr alten denkmalgeschützten Kirche mit einer Privatführung auch noch eine kleine Brauerei und eine Schokoladenfabrik für eine Besichtigung zu gewinnen.

Nach den erfolgreich durchgeführten Sportwettkämpfen freuten sich die Teilnehmer der Reise auf das, von Kurt organisierte, weitere Programm. Die Gruppe war sehr homogen. Viele kannten sich von früheren Reisen. Einige waren auch befreundet. So kam es natürlich auch selten zu Unstimmigkeiten. Bei dieser Reise fiel jedoch ein Ehepaar auf, welches sich beim gemeinsamen Frühstück derart gierig mit Proviant versorgte, als herrschte eine Hungersnot. Natürlich wurde verbotenerweise auch heimlich Verpflegung für unterwegs mitgenommen. Einige der Gruppe, die sich darüber besonders geärgert hatten, sprachen Kurt darauf hin an, der aber zunächst zur Besonnenheit und zum Wegschauen riet und versicherte er werde sich das Ehepaar am Ende der Reise vorknöpfen.

Endlich war es so weit und es ging zur Besichtigung der alten denkmalgeschützten Kirche. Kurt ging in ein kleines neben der Kirche liegendes Fachwerkhaus und kam mit einer alten Dame zurück, die offensichtlich die Schlüsselgewalt für die Kirche hatte. Die Gruppe ging mit Spannung hinein, denn Kurt hatte gesagt, man solle sich alles in Ruhe ansehen aber besonders auf die herrlichen Fenster achten die eine beeindruckende Farbenpracht hatten. Man sah der Kirche im Inneren an, dass sie schon bessere Zeiten gesehen hatte. An der Decke und an vielen Wänden waren dringende Reparaturen nötig. Dafür war sicher eine beachtliche Menge Geld erforderlich, welches die Gemeinde aus eigener Kraft nicht aufbringen konnte.

Aus diesem Grund bat Kurt die alte Dame, einen Teller am Ausgang aufzustellen für Spenden, die zur Erhaltung der Kirche beitragen sollten. Er wusste, seine Gruppe würde dafür gerne spenden. So kamen in kurzer Zeit viele 10 und 20 Euroscheine auf den Teller, für die sich die alte Dame jedes mal sehr herzlich bedankte. Ziemlich zum Schluss kam auch das bereits unangenehm aufgefallene Ehepaar an den Spendenteller und wagte es tatsächlich ein 50 cent Stück hinzulegen. Da platzte Kurt aber endgültig der Kragen. Er gab dem Ehepaar das 50 cent Stück zurück, riet ihnen sehr bestimmt, die Kirche wegen ihres unmöglichen Verhaltens sofort zu verlassen und legte selber einen weiteren 20 Euroschein auf den Teller.

Das bewusste Ehepaar war nach diesem Vorfall direkt zurück gefahren. Die Gruppe hatte nur noch Spaß und war sich darüber einig, dass einigen Menschen NEHMEN leichter fällt als GEBEN!

Geschichte 10

Freude und Ärger beim Reisen liegen oft dicht beieinander

Helga und Werner Gärtner, ein Ehepaar aus Grömitz an der Ostsee in Schleswig Holstein, hat seit vielen Jahren den Wunsch, ihre Hochzeitsreise nachzuholen, die sie vor fast 18 Jahren aus verschiedenen Gründen nicht antreten konnten.

In diesem Jahr soll es nun aber Wirklichkeit werden. Einige Wochen lang studieren sie Kataloge von den verschiedenen Anbietern und informieren sich auch im Internet, denn es soll möglichst etwas sein, was die Wünsche und Vorstellungen beider Ehepartner berücksichtigt.

Nach vielen, wieder verworfenen Zielen, landen sie bei ihrer Planung am Ende in Italien und müssen sich nur noch zwischen Capri und Ischia entscheiden.

Da sie übereinkommen, dass sie auf Ischia mehr Möglichkeiten haben als auf Capri und ein Schiffsausflug von Ischia nach Capri eine schöne Alternative ist, wird letztlich auch Ischia gebucht.

Das Hotel soll ruhig gelegen sein, einen schönen Garten und natürlich die bekannten Thermalbäder haben. Herr

Gärtner achtet genau darauf, dass ihre besonderen Wünsche in den Reiseunterlagen aufgeführt werden. Die Bilder im Katalog sehen vielversprechend aus und so sind sie sicher, das richtige Hotel ausgewählt zu haben.

Endlich ist der Tag gekommen und das Ehepaar Gärtner sitzt voll froher Erwartung im Flugzeug nach Neapel. Am Ziel angekommen werden sie vom Flughafen mit einem Bus zur Fähre gebracht, die sie bei ruhiger See in nicht zu langer Fahrt zu ihrer Ferieninsel Ischia bringt. Dort hat der Reiseveranstalter für Taxen gesorgt, damit alle Gäste sicher und bequem ihr jeweiliges Hotel erreichen.

Nachdem Ehepaar Gärtner das ihnen vom Hotel „Rialto" gegebene Zimmer 211 betreten hatte, bekam es erst einmal einen Schreck, denn das Zimmer war stockdunkel weil sich vor den Fenstern hölzerne Fensterläden befanden. Nach Öffnung der Fensterläden wurde aus dem Schreck ein Schock, denn unter dem, im ersten Stock liegenden, Zimmer hatte sich die Jugend des Ortes auf einem Kreisverkehr versammelt, um festzustellen welches ihrer Fahrzeuge den größten Lärm verursachen konnte.

Da auch die direkte Umgebung des Hotels nicht zum Verweilen einlud, waren sich die beiden sofort einig, dass sie dort nicht bleiben wollten.

Nach Rücksprache mit der örtlichen Reiseleitung wurden ihnen drei andere Hotels angeboten von denen sie sich eines aussuchen sollten. Also ging es mit einem Taxi von Hotel zu Hotel. Glücklicherweise bot endlich das letzte der drei Hotels alles, was sich das Ehepaar Gärtner für seine verspätete Hochzeitsreise gewünscht hatte.

So wurde aus dem anfänglichen Ärger noch eine wunderschöne Reise bei Traumwetter und beeindruckenden Ausflügen nach Capri und an die Küste von Amalfi.

Auch nach der Rückkehr hatte das Ehepaar Gärtner noch einmal Grund zur Freude, denn der Reiseveranstalter hatte sich bereit erklärt, für das von ihm falsch ausgewählte Hotel „Rialto" auf den Reisepreis einen Nachlass zu gewähren.